HUATYA CURI Y LOS CINCO CÓNDORES

Tucoy hinantin huc yuric canchic.
Todos somos una familia.
Ley de Paria Caca

Huatya Curi y los cinco cóndores está basado en un mito que aparece en el *Tratado de Huarochirí* escrito por Francisco de Ávila en 1608. El manuscrito incluye Relatos de los ritos y leyes de los incas. Traducido y editado por Clements R. Markman. London: Hakluyt Society, 1873

Este es un mito de los huarochirí de Perú.

© 2002 Rourke Publishing LLC

ILUSTRACIONES © Charles Reasoner

Library of Congress Cataloging-in-Publication Data

Lilly, Melinda.
   Huatya Curi and the five condors / retold by Melinda Lilly;   illustrated by Charles Reasoner.
      p. cm.—(Latin American tales and myths)
   Summary: Huatya Curi, also known as Potato Eater, son of the mountain spirit Paria Caca, challenges a greedy king and wins a worthy bride, releasing his father from his icy mountain prison.
   ISBN 1-58952-190-0
   1. Quechua Indians—Peru—Huarochirí—Folklore. 2. Quechua mythology—Peru—Huarochirí. 3. Incas—Peru—Huarochirí—Folklore. [1. Incas—Folklore. 2. Indians of South America—Peru—Folklore. 3. Folklore—Peru.] I. Reasoner, Charles, ill. II. Title III. Series: Lilly, Melinda. Latin American tales and myths.
F2230.2.K4L535 1999
398.2'08998323—dc21
                                         99–12101
                                         CIP
                                         AC

Printed in the USA

Cuentos y mitos de América Latina

HUATYA CURI

Mito huarochirí

Recreado por
Melinda Lilly

Ilustrado por
Charles Reasoner

Adaptado al español por
Queta Fernández

Rourke Publishing LLC
Vero Beach, Florida 32964

En la cima del mundo, en las montañas nevadas de Yauyo, vivía un joven muy pobre llamado Huatya Curi. Su nombre quería decir "El que come papas" porque sólo comía las papas que encontraba por los alrededores de las montañas. Su nombre también quería decir "huérfano", porque el amor, para él, no era un abrazo cálido, sino una ráfaga de viento frío.

Huatya no tenía madre y su padre, Paria Caca, era el espíritu de los Andes. Paria Caca podía hacer que una tormenta de nieve cubriera las montañas y pudo crear un niño y colocarlo en la montaña más alta, pero a pesar de su gran poder, Paria Caca no podía abrazar al niño que había creado.

Desde siempre se supo que Paria Caca vivía dentro de cinco enormes huevos, en los dos picos nevados de Condorcoto. Las viejas historias dicen que permanecía prisionero, porque su gente estaba dividida y vivía desparramada por los valles y las montañas sin nada que decirse unos a otros. A pesar de su grandeza, él no podía entrar en el mundo hasta que todos los hombres formaran una sola familia.

Un día, El que come papas se limpió las manos en la nieve fresca y pasó sus dedos por los enormes huevos. Un viento frío lo hizo tiritar y reconoció en él el aliento de su padre.

"Padre, gran Paria Caca, espíritu de las montañas", dijo Huatya Curi con los brazos abiertos para abrazar al viento. "Todo lo que veo a mi alrededor es bello, pero estoy solo. Ayúdame a encontrar con quien compartir esta belleza."

Como si le contestara, el viento sopló con más fuerza, arrastrándolo. Huatya Curi trató de mantenerse en pie. "Padre, por qué…" El viento le arrebató las palabras y la nieve y el hielo lo empujaron montaña abajo.

Mientras luchaba contra el viento y la nieve, tropezó con una piel de guanaco, se enredó en ella y rodando y dando tumbos fue a parar a un barranco desde donde se podía ver el valle de Yauyo.

Se quedó quieto por un buen rato, tratando de respirar. Sintió unos pasos y se cubrió con la piel de guanaco para no ser descubierto. Eran dos zorras. Una llevaba una *quena* y la otra un *wankar*. Las escuchó hablar sobre la terrible enfermedad que quería llevarse al jefe del valle Yauyo.

"No me sorprende nada que el jefe Kama Chiq esté enfermo", dijo una de las zorras. "En cuanto lo nombraron jefe, le quitó la tierra y las llamas a la gente. La ambición sin medida llama a los monstruos de las enfermedades. Y ahora ofrece como esposa a su hermana, Chaupi Ñaca, a aquél que lo haga sanar".

La otra zorra dijo: "Ella es adorable. Su cabello brilla como las plumas del cóndor y cuando camina, flota detrás de ella acariciando el suelo."

Al oír esto, Huatya Curi salió de la piel para pedirle a las zorras que le dijeran todo lo que sabían de aquella bella Chaupi Ñaca.

Las zorras se asustaron, creyendo que el guanaco se había convertido en *runa*. "¡Huyamos!", gritaron y salieron corriendo dejando caer la flauta y el tambor.

Huatya Curi recogió los instrumentos y dijo: "Gracias, padre. Gracias por poner a las zorras en mi camino". Echó andar hacia el valle tocando la flauta que imaginaba como la voz de la bella Chaupi Ñaca, mientras los latidos de su corazón se confundían con los del tambor.

Cuando llegó al pueblo, se dirigió a un grupo de hombres yauyo ostentosamente vestidos. "Soy El que come papas, hijo de Paria Caca". Los hombres se rieron de su extraño nombre y de su ropa raída. Él continuó hablando. "He venido desde las montañas a curar al jefe Kama Chiq".

"Ninguno de los hombres sabios de los Andes ha podido sanarlo. ¿Piensas tú que puedes lograrlo?", le dijo en tono de burla uno de los hombres. Y con una carcajada terminó: "Bueno, despúes de todo nadie ha probado tampoco las papas mohosas". Huatya Curi se dirigió a la casa del jefe, seguido de risas y burlas.

Cuando Hautya Cari entró en la casa, se encontró con la mujer más bella que jamás hubiera imaginado. Sus ojos brillaban como piedras pulidas y su cara parecía iluminarse con luz propia.

"¡Saludos! Mi nombre es El que come papas", dijo humildemente. "Vengo desde las montañas de Condorcoto a curar al jefe Kama Chiq". La bella Chaupi Ñamca no se burló. Le sonrió dulcemente, adivinando su nobleza y su fuerza y lo llevó hasta la recámara donde dormía el jefe enfermo.

El que come papas esperó a que sus ojos se acostumbraran a la oscuridad del lugar. Las noches sin estrellas, en lo alto de la montaña, lo habían entrenado para seguir en la oscuridad las negras alas de los cóndores, encontrar en el cielo la estrella que guía a los cazadores y ver las extrañas formas del mundo de los espíritus. En el techo de la habitación sintió sombras que se movían y respiraban. El que come papas se acercó y pudo verlas bien. Sobre la cama del jefe, colgaban dos serpientes que esperaban comérselo en cualquier momento, y a sus pies, había un enorme sapo de dos cabezas con la boca abierta.

"Jefe Kama Chiq", dijo Huatya Curi, "¿no puedes ver que tu ambición ha traído a tu casa a las serpientes y al sapo? Ellos se llevarán tu espíritu, de la misma manera que tú le arrebataste las tierras y los animales a los hombres del pueblo".

El jefe abrió los ojos y explotó de ira. "¡Mentiroso!¡ ¡Has sido tú, hombre extraño, quien ha enviado a estos monstruos!" Gritó tan fuerte que tuvo un ataque de tos. "¡Ahora, llévatelos!"

12

"¿Todavía ofreces como esposa a tu hermana Chaupi Ñamca al hombre que sea capaz de sanarte?", preguntó sin miedo El que come papas.

"Es verdad, es verdad", dijo el jefe tosiendo y diciéndole con la mano que se fuera.

"Entonces exijo que cumplas tu palabra", dijo El que come papas.

Girando como el viento de invierno, Huatya Curi
agarró las dos serpientes y el sapo de dos cabezas y
los lanzó fuera del pueblo ante el
asombro de todos.

El jefe Kama Chiq salió de la casa y anunció con voz firme: "Estoy completamente curado". Luego, apuntando hacia Huatya Curi dijo: "Este hombre malvado fue quien me envió los monstruos. ¿No pudieron ver lo fácil que le resultó llevárselos?"

Mirando a El que come papas con desprecio el jefe habló así: "No creas que va a ser tan fácil que te cases con mi hermana. Debes pasar otra prueba. Mañana debes estar en la plaza con tu *quena* y tu *wankar*. Ya veremos que música es la más bella, si la tuya o la mía". Y dándole la espalda le dijo: "¡Ahora, vete de mi vista!"

17

Era temprano en la mañana y Huatya Curi pudo ver la plaza llena de gente. El jefe Kama Chiq lo vio llegar y levantó los brazos en señal de silencio. Tomó su flauta y comenzó una canción conocida por todos. Las mujeres tocaron los tambores, los hombres lo acompañaron con sus flautas y los niños bailaron. El valle se cubrió con la música. Cuando la música paró, Kama Chiq señaló a El que come papas con su flauta.

Huatya Curi caminó hasta el centro de la plaza mientras todos los ojos lo seguían. Miró su casa en las montañas a lo lejos, pensó en los remolinos de viento y nieve, respiró el aire frío, cerró los ojos y comenzó a tocar.

Su música se elevó atravesando el cielo como una tormenta. La gente se quedó boquiabierta, mientras la bella Chaupi Ñamca tocaba el tambor a su lado con la fuerza de las alas de un cóndor. La gente, el viento, las piedras, las nubes y hasta la tierra bailaron con la música de Huatya Curi y Chaupi Ñamca.

Kama Chiq gritó: "¡*Pachaq kuyukuynin!* ¡La tierra se mueve, paren, paren!"

Cuando la tierra dejó de bailar, el jefe Kama Chiq dijo: "Gracias a mi hermana has pasado la prueba esta vez. Pero aquel que se case con mi hermana debe tener el respeto y el aspecto de un jefe", y se miró a sí mismo de arriba a abajo. "Mañana celebraremos la cosecha de maíz. Si vas a estar vestido con esos harapos, ni te atrevas a venir".

Esa noche, El que come papas subió a lo alto de Condor Coto. "Gran Paria Caca", llamó. "Necesito vestirme como un jefe". El viento helado respondió a su pedido cubriéndolo de un manto de nieve.

Al día siguiente, Kama Chiq llegó a la plaza luciendo sus mejores prendas. Caminaba entre las pilas de maíz tierno, mientras la gente admiraba su túnica hecha de oro y plumas de colores. Con orgullo observaba sus nuevos campos cuando de pronto vio una luz que cruzaba el cielo. "¡Se ha caído una estrella y viene hacia nosotros!"

"¡Oooh, aaah!", dijeron todos poniéndose las manos en la frente para poder ver. Kama Chip pestañeó varias veces hasta que se dio cuenta de que esa luz no era otra que la túnica de hielo que vestía El que come papas, brillando bajo el sol.

20

"Te has vestido muy bien", admitió Kama Chiq. "Pero aún tienes que pasar una última prueba. Todo hombre yauyo debe ser capaz de proveer a su familia de una casa. Vamos a ver quién construye la casa más hermosa en el menor tiempo".

Huatya Curi le respondió: "Yo he pasado todas las pruebas. Tú prometiste que el hombre que te curara tomaría a tu hermana como esposa. Un jefe debe ser el primero en cumplir su palabra. Después de esta prueba, me casaré con Chaupi Ñaca".

Kama Chiq no pudo contener la rabia cuando la gente dio su aprobación a las palabras ·de El que come papas. "¡Escúchenme bien!", les gritó para callarlos. "Comiencen a recolectar las rocas más lisas y la paja más tierna. Traigan las mejores piedras y los tejedores de paja más expertos. ¡Tenemos que construir una casa!" Los hombres y las mujeres del pueblo corrieron temerosos a cumplir sus órdenes.

Durante todo el día, Huatya Curi observó el trabajo de construcción. Al atardecer, Kama Chiq inspeccionó la casa y le dijo a todos: "El mismo Sol podría vivir en esta casa sin temor a las tormentas de invierno. Mañana en la mañana le pondremos el techo. Ya pueden regresar al pueblo". Luego, dirigiéndose a El que come papas le dijo con satisfacción: "Simplemente, estás perdido. No he visto poner ni una sola piedra de lo que sería tu casa."

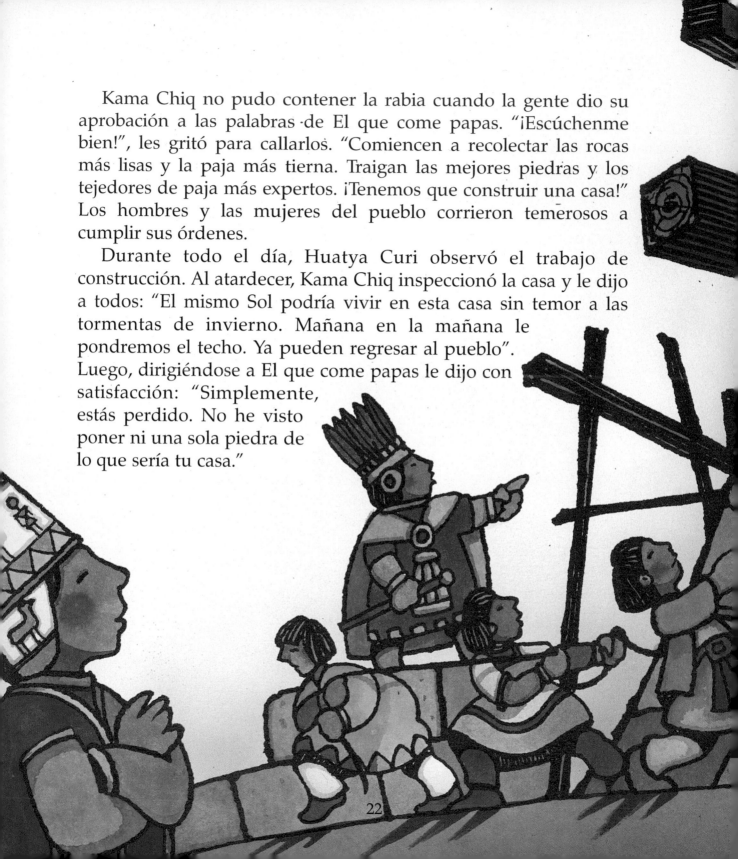

Huatya Curi caminó bajo las estrellas hasta llegar a las montañas. Con su flauta llamó a todas las criaturas de Condorcoto para que lo ayudaran a construir su casa. Los guanacos y las vicuñas cargaron rocas y piedras, las zorras y las serpientes las colocaron perfectamente para hacer las paredes y los pájaros tejieron un bello techo de paja y plumas. Trabajaron durante toda la noche.

24

Cuando el sol apareció detrás de las montañas, los hombres yauyo salieron de sus casas y se encontraron con una casa tan bella como el mismo Condorcoto. Las paredes eran perfectas como sus caminos de piedra y el techo tejido de plumas, relucía como el arco iris cuando abraza sus dos picos nevados después de la lluvia.

25

El que come papas, salió de su casa para saludar a la gente del pueblo y dijo: "En mi casa puede vivir el sol y también el viento de las montañas."

Kama Chip, que escuchaba, no tardó en contestar. "Sin duda, has terminado primero, pero esas paredes son tan finas como la cáscara de una papa vieja. Y claro, el viento puede vivir en ella, pero sólo para derribarlas al primer soplo".

"Vamos a probar, pues", le respondió Huatya Curi tomando su flauta y soplando. De la flauta salió un viento tan fuerte como el que sopla en los picos de Condorcoto, pero las paredes de la casa se mantuvieron firmes.

El viento se dirigió entonces hacia a la casa de Kama Chiq y sopló otra vez. Las pajas del techo a medio hacer comenzaron a volar en todas direcciones y las paredes se desmoronaron.

El viento giró sobre la casa derrumbada y con una fuerte ráfaga levantó al jefe Kama Chiq del suelo. El jefe trató de resistir, pero el ventarrón lo lanzó a través de la plaza, fuera del pueblo y tan lejos, tan lejos que nunca más pudo regresar.

El que come papas, dejó su flauta y tomó la mano de Chaupi Ñamca. Caminaron juntos hasta los picos de Condorcoto y allí, rodeados del viento y de la nieve fresca de la montaña se casaron.

"Padre", dijo El que come papas, "el amor ha unido a los hombres del valle y la montaña. Ahora somos una gran familia y ya eres libre al fin". El eco de sus palabras rompió los cinco huevos de Condorcoto.

Cinco bellos cóndores salieron volando y llevaron a los recién casados hasta el pueblo. Todos los recibieron con alegría y gritos de "¡Viva nuestro nuevo jefe y su esposa Chaupi Ñamca! ¡Viva Pariacaca, el gran espíritu de las montañas!"

Chaupi Ñamca miró orgullosa a su esposo que recibía el bien merecido respeto de todos.

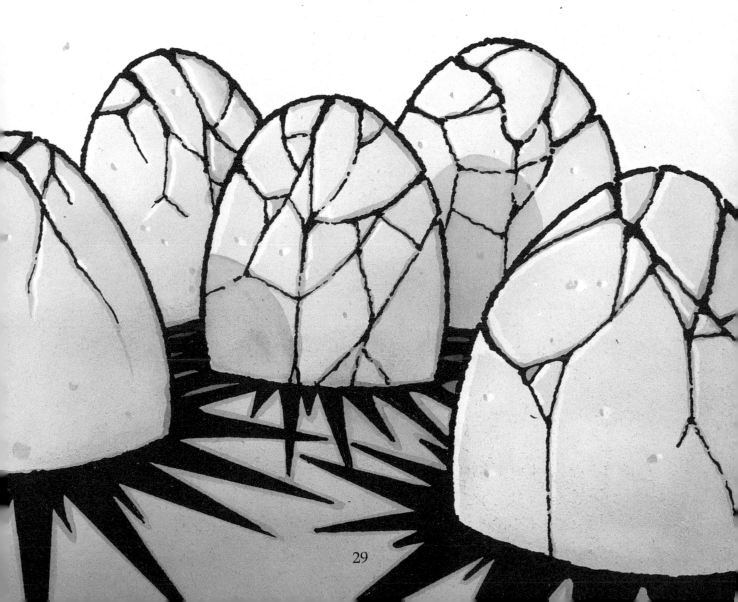

Los cinco cóndores se elevaron por encima de las casas extendiendo sus grandes alas. Al fin, Huatya Curi, Chaupi Ñamca y el pueblo yauyo vivían en armonía como una sola familia con el valle y las montañas.

30

GLOSARIO

Chaupi Ñamca: Mujer yauyo según la leyenda

Condorcoto: Montaña del Perú

guanaco: Animal de carga que habita en los Andes.

Huarochirí: Antigua cultura de los Andes; luego formaron parte del imperio incaico.

Huatya Curi: Montaña legendaria de los Andes donde vivían los huarichirí.

Incas: El imperio incaico floreció en los Andes antes de la llegada de los españoles, su lengua era el quechua.

Kama Chiq: Jefe en lengua quechua

pachaq kuyukuynin: Terremoto en lengua quechua

Pariacaca: Dios principal de los huarochirí; Pariacaca era adorado también por los incas y los Yauyos.

quena: Flauta de bambú usada en la región andina; también se toca la zampoña o caramillo hecha de varias hileras de flautas.

runa: Hombre en lengua quechua

vicuña: Animal sudamericano parecido a la llama; su lana es muy apreciada.

wankar: Tambor de la región andina

Yauyo: Cultura que se desarrolló en los valles del Perú.